엄마가 되어서야 딸이 되었다

일러두기

책에 나오는 '구나가족'은 픽션입니다.
실제 가족의 모습과는 다소 차이가 있을 수 있습니다.

글·그림 소효

엄마가
되어서야
딸이
되었다

필름

함께 들으면 좋은 OST

Haruka Nakamura – Arne

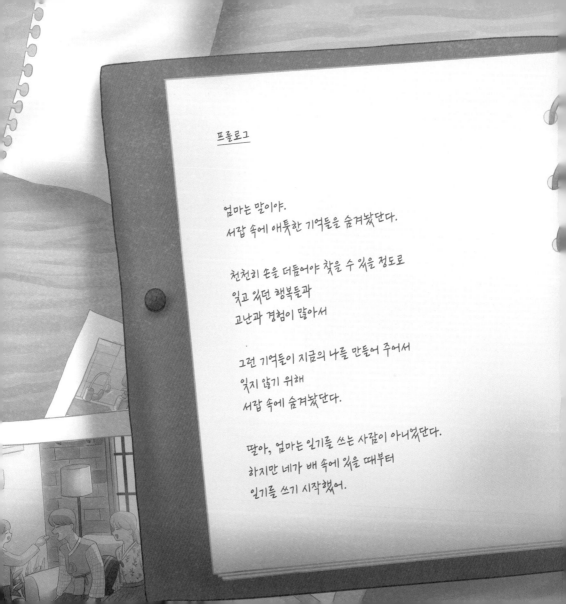

프롤로그

엄마는 말이야.
서랍 속에 애틋한 기억들을 숨겨놨단다.

천천히 손을 더듬어야 찾을 수 있을 정도로
잊고 있던 행복들과
고난과 경험이 많아서

그런 기억들이 지금의 나를 만들어 주어서
잊지 않기 위해
서랍 속에 숨겨놨단다.

딸아, 엄마는 일기를 쓰는 사람이 아니었단다.
하지만 네가 배 속에 있을 때부터
일기를 쓰기 시작했어.

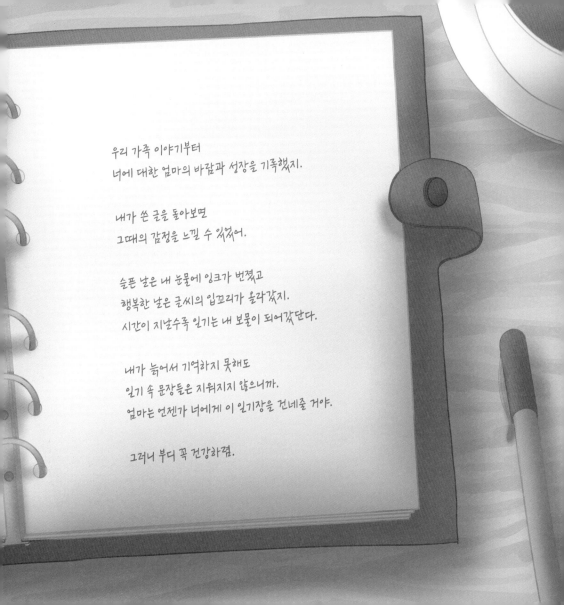

우리 가족 이야기부터
너에 대한 엄마의 바람과 성장을 기록했지.

내가 쓴 글을 돌아보면
그때의 감정을 느낄 수 있었어.

슬픈 날은 내 눈물에 잉크가 번졌고
행복한 날은 글씨의 입꼬리가 올라갔지.
시간이 지날수록 일기는 내 보물이 되어갔단다.

내가 늙어서 기억하지 못해도
일기 속 문장들은 지워지지 않으니까.
엄마는 언젠가 너에게 이 일기장을 건네줄 거야.

그러니 부디 꼭 건강하렴.

차례

프롤로그 ································· *6*

PART 1 _ 첫 번째 서랍 ················· *11*

PART 2 _ 두 번째 서랍 ················· *79*

PART 3 _ 세 번째 서랍 ················· *109*

PART 4 _ 네 번째 서랍 ················· *171*

엔딩 크레딧 ······························· *219*

PART 1

첫 번째 서랍

🔑

거창한 이벤트보다 터무니없이 날 웃기는 네 아빠의 모습이 좋았어. 사랑한다는 말보다
내게 따듯한 사람이라 해 주는 우리 딸이 좋았어. 여러 가지 상황들, 솔직하게 모든 걸
내게 말해 주고 순수하게 웃고 울었던 네가 커 가는 만큼 엄마로서, 아빠로서 무엇을
해야 좋을지 잘 몰라서 실수도 하고 완벽하지 않았지만, 엄마는 그런 가족의 모든 민낯을
사랑했어. 그때 그 순간들을 떠올리며.

엄마는 따뜻해!

"딸! 엄마가 왜 좋아?"
"엄마 품은 늘 따뜻하니까!"

전 사랑한다는 말보다
이 말이 좋더라고요.

제 마음의 온기가
그대로 딸에게 전해진 것 같아서.

아빠는 상냥해!

"딸! 아빠가 엄마보다 그렇게 좋아?"
"아빠는 나한테 늘 상냥하니까!"

가끔은 남편이 부러워요.

제가 없는 상냥함을 가지고 있어서
딸의 시선으로 세상을 알려 주어서

따뜻함과는 다른
풍부한 색의 마음을 가지고 있어서.

너의 아빠를 감사해!

"엄마는 아빠의 어떤 점이 좋아?"
"뜨겁지도 차갑지도 않은 점이 좋아."
"나도 그렇게 되면 안아 줄 거야?"
"그렇게 되지 않아도 안아 줄게!"

오늘은 잠시 남편에게 티 나는 애정을 표현할래요.

특별하지 않은 일상의 한 부분이 되어 주어서
특별하지 않은 일상이 만나 특별함을 만들어 주어서
고마워서

그 마음을 오늘은 티 나게 표현할래요.

아침 식사

우리 가족은 저와 남편이 돌아가면서 아침을 만들어요.

그거 알아요?
음식에도 그 사람의 마음이 들어가는 거.

저는 기름을 적게 쓰거나 채소를 많이 넣어
조금 더 부드럽게 만들고,
남편은 에너지가 중요하다고
고기와 달걀을 많이 넣어 만들죠.

하지만 남편과 저의 음식은 같은 말을 하고 있어요.

"당신을 사랑해."
"우리 가족을 사랑해."

안마

가족이 옹기종기 모여
가끔 서로 안마를 해 줄 때면
남편이랑 연애할 때가 생각나요.

어떻게 하면 이 사람에게 웃음을 줄 수 있을까
진지하게 계획을 짜기도 하고
그 장난 이후에 남편은 터무니없는 계획을 짜서
저에게 웃음을 선물했던 때.

연애할 때부터 지금까지 사소한 경쟁에
남편과 어린애처럼 굴었죠.

서로를 웃고 웃기기 위해 했던 많은 행동들
그래도 마지막에는 꼭 져 주는 남편이라서
좋았어요.

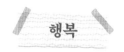

행복

엄마와 아빠는 딸에게 대단한 걸 바라지 않아.

잘 웃고, 잘 자고, 건강하면 그게 최고지.
그럴 때가 제일 행복해.

마음 아플 때도 간단해.

네가 울거나, 아프거나, 또는 좋은 장난감을 사줄 수 없을 때
그럴 때 마음이 아프단다.

좋은 부모가 된다는 건, 힘든 일이겠지.
엄마와 아빠는 완벽하지 않으니까.

하지만 언제나 널 생각한다는 걸
잊지 말았으면 해.

난 우리 가족에게 어떤 사람일까?

우리 가족에게 전 어떤 사람일까요.

남편에게는 가끔 깐깐한 사람일 수도 있고
딸에게는 가끔 무서운 사람일 수도 있겠죠?

전 가정을 지키기 위해서
가끔은 깐깐한 사람도
무서운 사람도 될 수 있어요.

하지만 꿈에서는
저의 좋은 모습만 기억해 주었으면 해요.

너 없는 세상은 아무 소용 없어

엄마는 너에게 거짓된 마음을 전한 적 없어.
네가 행복해하면 나도 행복하고
네가 힘들 땐 나도 마음이 아파.

부모가 되고 나서부턴 신기한 일이 많아.
바람이 불거나 비가 내리면 바뀌던 마음이
태풍이 불어도 세상이 울어도
널 사랑하는 마음은 전혀 흔들리지 않아.

아, 나는 딸 너에게
언제나 한결같은 사람이구나.
사랑이라는 마음은
참으로 굳고 강인한 마음이구나.

비바람도 막을 수 없어요

사랑이 있다고 모든 게 해결되는 것은 아니더라고요.
때로는 어려운 선택이 있을 수 있어요.

하지만
무엇보다 가족의 가치가 더 소중함을 전 알고 있어요.

만약 우리 가족이 없었다면
저는 다른 사람이 되었을 거예요.

전혀 다른 세상의 사람으로
다른 가치를 행복의 기준으로 둔 사람으로.

그러니 비바람이 불면 다 같이 이겨 낼래요.
그렇게 우리 가족과 함께 있을래요.

회사에서 민 대리에게

일이 잘 풀리지 않을 때
팀의 분위기가 다운될 때

가끔 저를 잘 따르는 민 대리에게 딸 자랑을 해요.

오늘은 아이에게 어떤 옷을 입혔는지
아이에게 어떤 음식을 먹였는지
그런 소소한 일상의 이야기를 해 주어요.

그럼 그날은 일이 잘 풀리거나
팀의 분위기가 달라지기도 하거든요.

내가 힘들 때
힘을 주는 건 언제나 가족이니까.

익숙한 산책

늘 익숙한 곳으로 산책을 가요.

남편은 내 뒤에서 앞지를 수도 있지만
그러지 않고 늘 뒤에 서서 걸어 주고
딸은 길의 주인처럼 달리고

저는 넘어지지 말라고
다치지 말라고 말하면서
함께 산책을 해요.

몇 번이나 왔던 길이 지겹다고 생각될 때
길이 아닌 기억으로 돌아보면

가족과 걸었던 이 길이
특별한 추억으로 남겨져요.

시련의 꽃

꽃은 혼자 피지 않아요.
땅에서 태어나 비를 먹고
바람을 견디며 힘차게 피어나요.

우리도 다르지 않아요.

어머니, 아버지에게서 태어나
사랑을 받고 시련을 견디며 힘차게 피어났죠.

그러니 사랑을 주세요.
사랑을 받고, 바람을 견뎌요.

혼자만 있는 세상에 피는 꽃은
분명 외로울 테니까요.

잠시 이대로

시간을 멈추고 싶을 때가 있어요.
하지만 그럴 수 없어서
잠시 이대로
계속 바라보고 있어요.

사진만으로는
그때의 냄새
그때의 온도
그때의 따스한 손길을
담아내지 못하니까요.

날이 차니까

나는 괜찮다고, 끄떡없다고
이렇게 말하는 딸과 남편이 조금 미웠어요.
그렇게 말하곤 늘 아팠으니까.

그래서 제가 잔소리처럼 늘 하는 말이 있어요.

내가 제일 걱정하는 건
가족이 아픈 거라고.
그게 마음 아픈 거라고.

엄마 손은 약손

침대는 늘 땀으로 축축하고
호흡은 연기가 보이는 것처럼 불안정해.

그런 상황에서 내 손은 약손이라고
말해 주었지.

내가 어디라도 갈까 봐
안절부절못하는 너의 눈빛이
마치 길을 잃은 아이 같았어.

딸, 너는 기억하니?

너만은 완벽하게

원하는 대로 되지 않으면 성질부리고
가끔 화장지나 이불에 오줌을 싸는 너지만
우리 가족은 모모, 그 자체로 너를 사랑해.

그리고 미안해.
매일 산책시키지 못해서.
몇 시간 동안 집에 혼자 있게 해서.

널 키우면서 우리가 완벽하지 않음을 다시 깨달아.
하지만 끝까지 네 곁에 있을게.
조금 모나고 부족하지만
늘 우리 가족이 함께할게.

딸과 비밀기지

날이 좋은 날
딸과 맛있는 디저트 카페를 찾아다녀요.

그렇게 맛있는 집을 찾으면
비밀기지 삼아서 자주 딸과 놀러 다녀요.

덕분일까요.
딸 입맛이 너무 고급이 되어버렸어요.

그래도 괜찮아요.
대신 맛있는 추억을 가득 담았으니.

여행을 떠나자

우리의 여행은 시작부터 분주해요.

저는 어떤 옷이 더 예쁠지 고르고
남편은 차가 막힌다고 서두르고
딸은 이것저것 가져가자고 조르고

저는 이 순간부터 여행이라 생각해요.

모든 게 계획처럼 될 수 없는
우리 삶처럼.

눈사람

당신이 눈 같은 사람이라 좋아.

내 마음속 어두운 새벽에 소리 없이 내려선
다음 날 모든 것을 하얗게 만들어 버리지.

겉은 차가워 보여도
속은 한없이 포근해.

또 미련할 정도로 착한 사람이라
녹으면 아무 때도 남지 않아서 좋아.

어른이라지만

노을이 지는 시간
회의 중 딸이 쓰러졌다는 소식을 들었어요.
온갖 상상으로 심장이 미친 듯이 뛰었어요.

늘 수많은 갈림길에서 선택하고
앞뒤 재는 게 인생이고
그게 어른이라지만
어떻게 이 상황에서 앞뒤 젤 수 있을까요.
저는 어려울 것 같아요.

생일 선물

늦은 밤 남편에게 연락이 왔어요.
회식도 자주 안 가고 집에 잘 들어오는
남편이기에 걱정을 했었죠.

사실 잔업이랑 딸 생일 선물 고르는 것 때문에 늦어졌다고
문자 빨리 못 보내서, 걱정하게 해서 미안하다고
말하는 남편을 보며, 서운했지만 풀려 버렸어요.

솔직하게 이야기해 주어서
다른 말을 보태지 않아서
아무 의심 없이 믿을 수 있게 해 주어서
자연스레 풀려 버렸어요.

멋있는 사람

"엄마는 아빠가 멋있어?"

"그럼, 당연히 멋있지."

"어떤 점이 멋있어?"

"음…. 꽃집에 왔다고 꽃 한 송이라도 선물해 주려는 마음?"

들켜서 붉어진 것인지

멋있다는 말에 붉어진 것인지

당황하는 남편의 모습이 더 멋있어 보여요.

손잡아 줄게, 언제라도

아직 세상을 잘 모를 때
엄마와 아빠는 뭐든지 다 해 줄 수 있는 사람으로 보일 거야.

신발과 옷의 사이즈가 커질 무렵에는
다른 엄마와 아빠를 보며 뭐든지 할 수는 없는 사람으로 보일 거야.

엄마와 아빠의 둥지에서 나와 넓은 세상으로 나아갈 때
딸은 많은 시련과 고민 속에
손 내밀어 주는 엄마와 아빠가 당연하게 생각될 거야.

이윽고 어른이 되어 되돌아볼 땐
딸은 언제나 손잡아 주는 엄마와 아빠를 생각하며 우는 날도 있겠지.

네가 부모의 사랑을 당연하게 생각할 때도
감사하게 생각할 때도, 그 어떤 상황이라도
손잡아 줄게, 언제라도.

행복은 덤

한때 저는 연애와 결혼에 대한 환상이 있었어요.
이 사람과 함께라면 행복할 수 있을 거라고
특별한 삶이 될 거라고
구원자를 기다리고 있었어요.

그런데 그런 건 없었어요.
특별하지 않은 서로의 일상이 만나
서로에게 스며드는 것
그것에서 오는 소소한 행복이
바로 특별한 것임을.

행복을 위해서 삶을 사는 것이 아니라
삶을 살다가 가끔 행복이 얹어 오는 것임을.

행복은 언제나 덤이었어요.

서로 사이

실없이 웃을 수 있는 날이 있다는 것
얼굴만 바라봐도 기분이 풀린다는 것
자연스럽게 투정을 부리고 장난을 친다는 것
딸은 그 모습을 지겹다는 듯 무시한다는 것
이 작고 소소한 것들이 행복의 가루가 되어가는 것

우리 가족의 마음의 거리가 이렇구나.
서로의 사이가 이렇구나.

나를, 남편을 닮는다는 것

딸의 입맛은 남편을 닮았고
딸의 성격은 저의 좋은 점과 안 좋은 점을
반반씩 닮았어요.

하지만 삶의 미로는 똑같지 않아요.

제가 오른쪽으로 갈 때
딸은 왼쪽으로 가기도 하죠.
그러므로 저는 신중하게 행동해야 해요.

내가 걸어간 길이 막히면
딸도 길을 잃고 헤맬 수 있으니까요.

잘 놀아 주는 남편

가끔 남편이 딸과 놀아 주는 걸 보자면
과연 놀아 주는 것이 맞는지 의심스러워요.
남편이 더 즐거워하거든요.

하지만 분명 딸의 시점으로 놀아 주는 거겠죠.
나와는 다른 남편의 장점이에요.

딸이 커서 행복한 추억을 회상할 때
지금 이 장면이 있었으면 좋겠어요.

우리의 책, 우리의 이야기

딸에게 책을 읽어 주고, 딸이 잠들 때쯤
남편과 저는 방으로 돌아가요.

오늘 어땠어? 부하 직원이 이랬어.
오늘 점심은 뭘 먹었고, 사실 내 마음은 이랬어.
아까는 미안했어…

그렇게 잠들 때까지
오늘 하루 서로가 경험한 다양한 책을 읽어 주지요.

내일은 달라지겠다고,
후회하지 않겠다고 서로 다짐해요.

책은 한 번 쓰면 수정할 수 없으니까.
우리 인생도 마찬가지니까.

아빠표 김치찌개

"맛있어?"

"음, 합격!"

남편이 만든 찌개는 늘 맛있어요.

제가 김치찌개를 좋아하니까

그래서 수백 번 날 위해 끓였을 테니까

수백 번 내가 맛있게 먹는 모습을 생각했을 테니까

그 마음이 온전히 담겨 있어요.

드라이브 가자

밖의 풍경이 너무 아름다워요.
사랑하는 사람들과 함께한다는 건
마법 같은 일이에요.
어딜 가든 멋진 풍경일 테니까.

그러니
주말에 사랑하는 사람과 다 같이
드라이브 어때요?

좋은 추억 하나면
우리는 모두 부자가 돼요.

마음속 작은 후회쯤은
가볍게 버릴 수 있게 되니까요.

사랑이 할 수 있는 것

우리, 많은 시간을 함께했지.
미래를 같이 꿈꾸고
서로의 힘든 점도 이해하기 위해 매진했지.

밤하늘 펼쳐진 공원에서 사랑이란 무엇인지 같이 이야기하고
가끔 뜻이 일치하지 않으면 소소한 다툼을 하기도 했어.
결국 서로의 입장을 생각한 뒤 이해하고 발전해 갔지.

덕분에 우리는 서로 발전하고
울고 웃으면서 감사하게도 가끔 행복을 느끼고 살아.

만약 당신이라는 사람을 사랑하지 않았으면
같은 감정을 갖게 되었을까?

사랑받지 못했으니까

시원한 주말

보랏빛 선이 희미하게 사라져 가는 해변가에서

때로는 상냥하게, 때로는 엄격한 나와는 달리

늘 너의 눈높이에 맞추기 위해 노력하는

남편에게 너는 물었지.

"아빠는 날 왜 이렇게 사랑하는 거야?"

"아빠는 아빠에게 사랑받지 못했으니까."

"그럼, 할아버지는 아빠를 사랑하지 않았던 거야?"

"아니, 사실은 날 많이 사랑하고 계셨어. 표현이 서투르셨지.

날 사랑하는 것도 힘든 것도 전부 내가 모르게 말이야.

하지만 아빠는 딸에게 아낌없이 표현할래.

우리 딸은 사랑받는 사람이란 걸 알았으면 좋겠어."

작은 기적, 작은 행복, 작은 나의 우주

내가 너라는 딸을 선택할 순 없지만
이렇게 만났다는 기적

딸이 나라는 엄마를 선택할 순 없지만
웃어 준다는 기적

힘든 일과 때로는 어긋나기도 하지만
이렇게 함께 있을 수 있다는 행복

셀 수 없는 별들도 다 안아 주는 넓은 우주에서
이토록 작은 지구에 조그마한 내가 느끼는

작은 기적, 작은 행복, 작은 나의 우주.

PART 2

두 번째 서랍

엄마는 말이지. 우리 딸이 강해졌으면 좋겠어. 공부한다는 것은 성적이 중요한 게 아니라 안다는 힘을 기르기 위해. 스스로 생각하는 것은 남들의 말에 쉽게 떠내려가는 사람이 되지 않기 위해. 꿈을 꾸는 것은 어두운 세상에서 한 줄기 빛이 될 수 있는 사람이 되기 위해. 때로는 유리처럼 부서져도 괜찮아. 하지만 끝에는 강철처럼 단단해야 해. 세상은 아름답지만 차갑고 냉혹한 곳이니까. 언제 어디서 무슨 일이 일어날지 아무도 모르니까.

그런 이유

딸, 내가 왜 네 아빠와 결혼했는지 아니?

네 아빠는 만날 때마다 늘 나를 반겨 주었고
지금처럼 같이 퇴근하면서 여러 고민과 감정
미래를 같이 말하며 울고 웃었어.

그때 그런 날들이
영원히 이어졌으면 좋겠다고 생각했어.

딸도 그런 사람과 살아 줘.

추억으로 만들어

많은 일을 하고
세상이 넓다는 걸 알아가 줘.

행복한 순간이 있고
따뜻한 시간이 있다는 걸 알아가 줘.

좋았다면 추억으로 남기고
나빴다면 경험으로 남겨 줘.

길을 잃지 않도록

"엄마는 내가 어떤 사람이 되면 좋겠어?"

"우리 딸이 올바른 사람으로 자라 주었으면 좋겠어."

"올바른 사람이 뭐야?"

"누가 길을 잃었을 때 이렇게 손을 잡아 주는 사람이야."

"엄마처럼?"

"응, 엄마처럼!"

자신을 속이는 것

울어,
펑펑 울어.

눈은 감정을 담는 그릇이야.
제때 흘려보내지 않으면 깨지기 마련이지.

그러니 너무 담아 두면 안 돼.
자신의 감정을 속이는 것
엄만 절대 가르쳐 주지 않아.

그러니 자신을 속이지 말아 줘.

계란프라이 하는 법

"구나야, 어때? 막상 해 보니까 별거 없지?"

"응! 생각보다 쉬워, 엄마."

"중요한 건 쉬운 것보다 네가 직접 해 보고 시행착오를 겪는 거야."

"그게 왜 중요해?"

"구나가 크다 보면 세상에는 계란프라이보다
어려운 게 훨씬 더 많거든."

네가 정하는 삶

삶은 스스로 정해야 돼.
스스로 책임지고
넘어지고, 다시 일어서.
괜찮아.

절대적인 건 없어.
내가 정한 삶이 무너져도
다시 시작할 수 있어.
얼마든지 다시 정하면 돼.

그렇게 네가 정하는 삶을 살아 줘.

사랑받는 아들이었고, 딸이었다

네 할아버지는 삼겹살을 좋아하셨고
그래서 나도 삼겹살을 좋아하게 됐어.

할아버지는 딸에게 사랑을 주는 아빠였고,
나는 그 사람의 딸이었어.

너 역시 사랑받는 딸이고
사랑을 주는 엄마가 되겠지.

딸은 꼭 사랑을 주는 사람이 되어 줘.

깨달으면 늦은 것

어느 날
아빠가 영화를 보러 가자고 했어.

난 귀찮아서
계속 미뤄 왔는데

결국에 더는
같이 영화를 볼 수 없었어.
내가 많이 늦었더라.

딸은 후회를 남기지 말아 줘.

손에 닿을 듯이

너를 빛나게 하는 것이 있다면
손에 닿을 듯이 달려.

언제나 네 옆에서
엄마가 응원해 줄테니.

그러니 포기하지 말아 줘.

불완전한 삶 속에서

엄마는 말이야.
어렸을 때의 아픔을 네게 주고 싶지 않았단다.

그래서 널 키우면서 외로움과 슬픔보다
기쁨, 행복만을 선물하고 싶었단다.

하지만 삶이란 게 늘 기쁘고 행복하기만 한 것이 아니란 걸
잊고 있었어.

완벽하게 사랑을 주고 싶은 엄마는 어리석었어.
때묻지 않은 사랑만 주는 건 오히려 널 몰아간다는 걸.

그러니 엄마를 너무 미워하지 말아 줘.

빛

빛이란 건 밝을 때 잘 보이지 않아.
어두울 때 그 형태를 밝게 비추지.
하지만 두려워서 도망쳐 버리면
어두운 채로 남겨지는 거야.

딸, 엄마에게 빛이 뭔지 알아?

맞아. 너랑 아빠야.
밝을 때도 어두울 때도
엄마는 도망치지 않았어.

딸 역시 너의 빛을 지켜 줘.

처음부터 잘할 순 없어

"엄마 있잖아. 혼자서 머리는 어떻게 묶어?"

"거울을 보고 묶지."

"근데 나는 왜 이렇게 어려운 거야?"

"아직 익숙하지 않아서 그래. 원래 익숙지 않은 일은 버겁고 힘든 거야."

"그럼 나도 익숙해지면 혼자서도 할 수 있겠네?"

"그럼 당연하지."

사람은 원래 처음부터 잘할 순 없는 거야.

상처받는 것도, 실패하는 것도, 용기 내는 것도, 누군가를 사랑하는 것도,

머리를 묶는 것조차 처음에는 불안정할 수밖에 없어.

사람은 누구나 그런 거야.

바람에 날려

시도하지 않았지만
망설여지는 것들
버리지 못해 남겨진 것들
끝나버린 사랑, 미련, 후회, 걱정들…

하지만 우린 앞으로 계속
나아가야 하니까.

이제 바람에 맡긴 채
그만 보내 줘.

강해져야 해

딸, 엄마랑 약속 하나 할까?

절대로 약해져서는 안 돼.
울고 싶을 땐 울어도 되고 지칠 땐 쉬어도 좋아.

강하다는 건 힘이 세다는 것도 돈이 많다는 것도 아냐.
마음을 단단히 먹는 것이고 실패해도 결국엔 일어서는 거야.

엄마는 네가 성공한 사람이 되길 바라지 않아.
엄마는 네가 자신을 놓아버리지 않길 바라.

우리 딸, 그래 줄 수 있지?

년 많이 사랑해.

PART 3

세 번째 서랍

🔓

어렸을 때 나는 아빠가 뭐든 다 할 수 있는 사람으로 보였어. 학교에 들어가니 아빠가
조금씩 창피해지기 시작했지. 사춘기 때 나는 아빠가 싫었어. 내 가정에 불만을 품었었어.
성인이 되었을 때는 아빠가 무능력한 사람으로 보였고 어른이 되었을 때는 아빠의 등이
애처로워 보였지. 결혼했을 때는 아빠의 눈물을 처음 보았어. 딸, 널 키우니 아빠가 그때
어떤 마음이었는지 다 알 것 같아. 전부 알 것 같아…

널 기다리고 있어

그날은 황금빛 바람이 부는 날이었어.

나는 좋은 엄마가 되고 싶고

남편은 멋진 아빠가 되고 싶다고

힘든 일은 이겨 내자고

널 위해 굳게 다짐했지.

기다릴게

네가 갓난아이일 때,

그렇게 울다가도

아빠가 이렇게 손가락을 대면

울음을 뚝 그쳤단다.

신기하지?

엄마라고 말했어

네가 2살 때,

"방금 들었어?"

"응!"

"엄마라고 말했어."

그날은 처음으로 네가 엄마라고 말한 날이었어.

낮잠

네가 3살 때,

기억나니?

신나게 놀다가 이렇게 햇빛이 기울면

바로 잠자리에 들곤 했지.

덕분에 엄마도 낮잠을 많이 잤었단다.

사랑한다는 말

네가 4살 때,

내가 사랑이 무엇인지 물으면

넌 엄마, 아빠라고 대답했어.

그때 얼마나 행복했었는지 너는 알까?

유치원 가는 날

네가 처음 유치원에 가는 날,

너는 내게 잘 다녀오겠다고 인사했어.

친구는 잘 사귈까?

가서 적응을 못하는 건 아닐까?

그건 엄마의 괜한 걱정이었나 봐.

넌 이렇게나 씩씩한 아이인데.

집에 가자

네가 6살 때,

벌써 친구들이 많은 너.

저녁 무렵이면 넌 늘 그 공원에서 친구들과 놀고 있었고

난 늘 "집에 가자"고 말했지.

오늘의 저녁 메뉴를 물어보는 네게 파가 들어간 음식을 만든다고 하면

넌 늘 울상이었어.

너의 재능

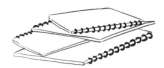

네가 7살 때,

유치원 미술 시간 준비물로 산 스케치북과 크레파스.

그 이후로 너는 그림 그리는 것을 좋아했어.

그리고 엄마랑 같이 서점에 가서

재밌는 만화책을 한 권씩 사서 따라 그리곤 했지.

입학

네가 초등학교에 입학하는 날.

봄바람이 이렇게 차가운 건 왜일까.

축하해야 할 일인데 왜 눈물이 차오를까.

네가 강당으로 들어가는 모습을 보고서야

엄마는 눈물을 쏟았단다.

네가 좋아하는 민트초코

네가 10살 때,

어느 날부터 넌 휴대폰만 보기 시작했어.

네가 좋아하는 민트초코 케이크도 놔둔 채.

엄마는 조금 서운했단다.

벌써부터 조금씩 엄마를 바라보는 네 웃음을 보기 힘들어진 것 같아서.

굳게 닫힌 문

네가 14살 때,

시간은 어느 기점으로 빠르게 흘러가는 것 같아.

너는 중학생이 되고 방문을 조금씩 닫기 시작했어.

네게 사랑만을 주면 이렇게 되지 않을 줄 알았어.

엄마도 알아, 딸이 생각할 게 많은 시기였던 걸.

하지만 어떻게 다가가야 할지 몰랐어.

엄마는 엄마 없이 그 시기를 보냈으니까.

어떻게 하면 좋을지 방법을 몰랐어.

목도리

네가 16살 때,

중학교 마지막 겨울.

날이 점점 추워져서 직접 목도리를 만들었어.

한 땀 한 땀 정성을 들였지만 넌 말했지.

요즘 누가 목도리를 하느냐고, 그런 거 아무도 안 하고 다닌다고.

쓸데없는 거, 제발 사지 말라고.

어디야, 걱정돼

네가 16살 때,

중학교 마지막 방학날.

늘 8시에는 들어오던 네가 처음으로 연락이 안 된 날이었지.

가슴이 뜨거워지고 금방이라도 울 것만 같았어.

혹시라도, 네가 잘못된 건 아닐까 하고.

네가 없는 저녁

네가 17살 때,

네가 고등학생이 되고 어느덧 너 없이 식사를 하는 게 당연해졌어.

마치 남편이랑 연애할 때로 돌아간 것 같아.

그런데 왜일까?

뭔가 너무 허전해.

다툼

네가 18살 때,

가끔 네 방 너머로 들렸을 우리의 다툼 소리. 너는 잘 몰랐을 거야.

그때 엄마가 아빠랑 자주 다퉜던 건 널 사랑해서였단 걸.

단지 널 위하는 엄마와 아빠의 생각이 다른 것뿐이었다고

말해주고 싶었어.

엄마가 미안해

네가 19살 때,

친구들과 놀다 늦게 들어온 너에게 화를 낸 날이야.

조금 화를 삭이고 생각해 보니

엄마가 딸에게 너무 과한 애정과 관심을 주었던 것 같아.

네가 더 나아지길 바라는 내 관심이 너의 삶에 부담감을 주었어.

네가 어떤 스트레스를 받는지 그 마음을 풀기 위해 어떤 걸 하고 싶은지

나는 왜 네 행동에만 집중했는지, 딸이 그동안 얼마나 고민하고 생각했을까.

엄마가 미안해.

네가 울었던 날

네가 19살 때,

어떤 일이 있었는지 엄마는 몰랐던 날.

방에 들어가면 괜히 불편할까 봐

조심스럽게 네가 좋아하는 간식과 편지를 놓고 나왔지.

하고 싶은 일을 하고 어떤 것을 펼치고 싶은지 네 뜻을 따르렴.

너의 뒤에서 조용히 지켜보고 있을게.

힘들 땐 언제든 뒤를 돌아보렴. 엄마가 따뜻하게 안아 줄게.

졸업식

네가 20살 때,

이날 문득 알았어. 벌써 네가 성인이 되었단 걸.

앞으로 많은 일이 있을 테지만 잊지 말아 줘.

너는 엄마 딸이란 걸.

강한 내 자식이란 걸.

새로운 세계

네가 20살 때,

이제 집을 떠나 대학교에 다니는 우리 딸.

둥지를 떠난 새처럼 너는 새로운 세계에서 자유롭게 비행하고 있겠지.

새로운 사람을 만나고 새로운 경험을 할 거야.

그 경험 속에 나와 네 아빠도 잠시 잊고 지내겠지.

엄마도 그랬으니까.

그래도 지칠 때는 언제든지 둥지로 돌아오렴.

네 아빠와 기다릴게.

불같은 사랑

네가 23살 때,

어느 날 너는 듬직한 남자친구를 데리고 와 다 같이 식사를 했지.

불같은 사랑을 하는 너에게 옛날 내 모습이 보였어.

그때 난 내가 아는 세상이 전부였고

내가 아는 사랑이 전부인 줄 알았지.

홀로서기

네가 25살 때,

대학교를 졸업하고 오랜만에 집에 찾아온 너는 표정이 어두웠어.

수많은 사람들 속에서 내가 가야 하는 길이 어딘지 모르는 것처럼.

오랜만에 힘껏 널 안아 주었는데

등이 많이 차갑더구나.

어른이 된다는 건

네가 30살 때,

우리 딸 취업한 지 벌써 2년째구나.

오늘은 네가 좋아하는 갈비랑 육회를 보냈어.

옛날에는 그렇게 순수한 웃음을 지을 수 있었는데

애써 웃는 모습이 이제 어른이 된 것 같구나.

결혼식

네가 32살 때,

너의 결혼식 날.

"엄마 손이 그게 뭐야."

드레스를 입은 넌 내게 그렇게 말하고는 소리 없이 눈물을 흘렸지.

나도 다 큰 네 모습을 보고 눈물을 흘렸어.

세월이 많이 흘렀구나.

엄마가 된다는 것

네가 35살 때,

우리 딸도 벌써 엄마가 되었구나.

네가 아기 때 엄마랑 아빠는 네가 울 때마다

코에 손가락을 가져다 대곤 했단다.

그럴 때마다 고요히 잠든 너를 보면

그날의 고통도 무거운 감정도 잊을 수가 있었어.

황혼

네가 50살 때,

딸아, 안녕. 오랜만에 일기를 쓰는 구나.

미안해. 엄마가 많이 아파서…

그래도 덕분에 몇 달은 널 볼 수 있어서 다행일까?

오늘 너와 손잡고 시골길을 걸으니 한 걸음 한 걸음 추억을 걷는 것 같아.

기억나니? 너 어릴 때 그림도 잘 그리고 학교에서 참 씩씩한 아이였단 거.

엄마는 전부 생생히 기억이 난단다.

네가 기억할지 모르겠지만 엄마는 전부 기억한단다.

넌 씩씩한 아이였어

넌 보내기 4주 전,

너에게 가족 앨범을 보여 준 날이었지.

네 아빠와 연애하던 시절, 네가 아기였던 시절,

커 가며 독립하기까지.

지금은 너와 나 주름이 지고 다 자란 어른이지만

어렸을 때 넌 아주 씩씩한 아이였단다.

고집 세고, 좋아하는 걸 포기하지 않는 강한 아이였단다.

그런 네가 이렇게 잘 자라 주어서 얼마나 고마운지.

네가 준 목도리

넬 보내기 1주 전,

기억나니, 네가 중학생 때 너를 위해 직접 목도리를 만들어 주었던 거.

넌 싫다고 했지만, 나는 쭉 간직해 왔단다.

오늘 네가 직접 만든 목도리를 받는데 너에게서 그때의 내 표정이 보였어.

한 땀 한 땀 목도리를 짜면서 어떤 생각을 했을지

그때를 생각하면서 얼마나 나에게 미안해했을지

엄마 눈에는 다 보였단다.

나의 딸, 이구나에게

딸아, 엄마는 일기를 쓰는 사람이 아니었단다.

하지만 네가 배 속에 있을 때부터 일기를 쓰기 시작했어.

우리 가족 이야기부터 너에 대한 엄마의 바람과 성장을 기록했지.

내가 쓴 글을 돌아보면 그때의 감정을 느낄 수 있었어.

슬픈 날은 내 눈물에 잉크가 번졌고 행복한 날은 글씨의 입꼬리가 올라갔지.

시간이 지날수록 일기는 내 보물이 되어갔단다.

내가 늙어서 기억하지 못해도 일기 속 문장들은 지워지지 않으니까.

엄마는 언젠가 너에게 이 일기장을 건네줄 거야. 그러니 부디 꼭 건강하렴.

너의 엄마 하유아 씀

손가락을 대면

이렇게 손가락을 대면

울음을 멈추는 아기였는데 말이지.

어른이 되었구나

손가락이 닿아도 울음을 멈추지 않는 걸 보니

내가 늙었고 너도 다 큰 어른이 되었구나.

너를 만나

엄마는

참… 행복했단다.

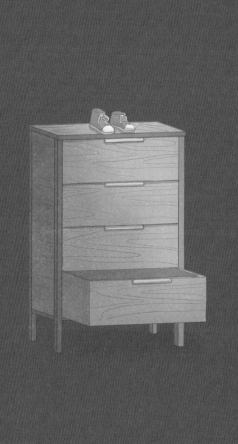

PART 4

네 번째 서랍

누군가를 너무나도 미워하면 어떻게 될까. 원망하고 분노하면 어떻게 될까. 나는 엄마에게 그런 마음이었어. 모든 탓을 돌리고 모든 상황을 외면했어. 그런데 원망하고 분노하는 건 내 방에 쌓이는 먼지만큼도 의미가 없는 거였어. 어떤 일이든 그 마음은 자신에게 불행을 가져다주었지. 우리 딸은 그런 마음에 스스로 무너지지 않았으면 좋겠어. 원망과 증오를 이해하는 건 너무도 어려운 일이었어.

"유아야, 노을이 참 예쁘지?"

내가 어렸을 때,
그중 가장 오래된 기억은
당신 등에 업혀서
황금처럼 빛나는 갈대와 노을 진 공원을 갔던 것.

아빠는 무척이나 젊었고
당신의 웃음 또한 저 노을만큼 밝았지.

흐릿하게 사라질 듯한 아빠의 손짓과 당신의 미소
잔잔하게 부는 바람과 갈대의 그림자.
그 기억은 나에게 있어 따뜻함의 기준이 되었어.

참 행복했어.

그 감정을 내 기억의 서랍장 맨 밑에
잘 접어 넣어 두었지.

나의 엄마.
순수하고 정이 많은 당신은
작은 집에, 매일 같은 저녁을 먹어도
그런 건 다 상관없어 보였어.

나에게 늘 아낌없는 사랑을 주었어.
언제나 아무것도 해 준 게 없다고 말하며
웃어 주는 당신의 미소에
난 그저 따라 미소 지었지.

당시 나는 아무것도 몰랐어.
돈이 뭔지, 왜 당신과 아빠는
그것을 벌기 위해 나가야 했는지.

나는 이해하지 못했어.

아무것도 해 준 게 없다 하지만

어느 늦은 밤,

덜컥거리는 소리에 나는 잠에서 깨어 현관으로 걸어갔어.
그곳엔 당신이 서 있었고, 손에는 캐리어와 이것저것 짐들이 많았어.
평소와 다른 모습에 나는 불안했지.

당신은 이렇게 말했어.

"걱정 마, 유아야. 엄마는 돈 벌러 갔다 오는 거니까
그때까지 건강해야 해."

그렇게 따듯한 표정으로 나에게 조용히 말했어.
이렇게 늦은 밤에, 갑자기 건강하라니.
나는 두 손을 뻗어 안고 싶었지만
당신은 문 너머로 멀어져 갔어.

그래도 항상 보던 당신의 미소와 같아서
너무나 따듯했던 당신이어서
나는 그 말을 믿었어.

정말 그대로 믿었어.

아빠는 엄격하고 성실한 사람이었어.
당신이 떠나고 집에 빨간색 딱지가
붙여졌을 때부터 아빠는 달라졌지.

"아빠가 부족해서 미안해…."

아빠는 그렇게 말하고는
무릎을 꿇은 채 하염없이 울었어.
그리고 나도 울었어.

왜 울었는지는 몰라.
그냥 당신과 아빠랑 내가 웃고 행복했던 때가
너무 오래된 기억 같아서.
그걸 이제 다시는 느낄 수 없을 것 같아서.
펑펑 울었어.

돌아갈 수 없다는 걸 직감했어

우리 집이 없어지고 아빠는 공장으로, 나는 고모 집에 맡겨졌어.
그곳엔 내 또래 사촌들도 있고 활기가 넘치는 공간이었어.

아빠는 주말마다 와서 날 안아 주었고 나는 그걸로 만족했어.
힘들어 보였지만 그래도 행복한 표정을 지으셨지.

나는 문득 물었어.

"아빠, 엄마는 돈 벌러 어디로 간 거야?"

아빠는 그대로 멈춰 버렸어.
그렇게 몇 초가 흘렀을까, 이렇게 말했어.

"딸이 크게 외치면 들릴 거리에 있을 거야.
그러니 걱정하지 마."

다음 날부터 나는 아무도 없는 놀이터에서 당신을 크게 부르곤 했어.
하지만 공허한 바람 소리만이 답을 해 주었지.

그런데도 계속 이름을 불렀어.
당신이 내 목소리를 들을까 봐.

당신이 내 목소리를 들을까 봐

어느 날부터 고모는 나를 싫어했어.
잦은 심부름도 내가 했고
또래 사촌도 귀찮은 건 내게 떠넘겼지.

아빠도 그걸 알고 있었어.
나는 너무 슬퍼서 집을 나올 때
몰래 가져왔던 당신의 남은 옷들을 모두 찢었어.

아무것도 몰랐지만
그 순간 당신이 우리를 버렸다는 사실을 깨달았어.

돈 같은 거 필요 없으니까
어서 내게 와 달라고, 보고 싶다고,
그렇게 내 손보다 큰 가위를 들고
옷을 다 찢어버렸어.

그런데도 당신은 어디에도 없었지.

모든 것이 미워지기 시작했어

어느 날 나는 고모에게 손바닥을 맞았어.
심부름하고 남은 거스름돈을 숨겼기 때문이었지.

결국, 손에 쥔 500원 동전을 뺏겼어.
그날 밤 고모와 아빠는 말다툼을 했어.

아빠는 평소에 고모가 내게 했던 행동을 잘 알고 있었어.
하지만 결국 고개를 숙였지.

미웠어.
왜 끝까지 내 편을 들어주지 않는 건지.
아빠는 내게 말했어.

"유아야, 훔치는 건 절대 하면 안 된단다."

그러고는 날 안아 주었어.
나는 너무나 분했어.

몇 달이 지났을까.
고모가 주는 작은 용돈을 모아 밤에 몰래 집을 나갔어.
그 돈으로 버스를 타고 아빠가 있는 공장으로 갔지.

하지만 밤에 혼자 걷는 건 처음이었어.
길을 잃은 나는 울었고, 지나가던 고등학교 언니들이
울고 있는 나에게 쫄병 스낵을 주며 112에 신고를 했어.

잠시 뒤 도착한 아빠는 왜 집을 나갔냐고 물었지만
나는 그저 울기만 했어.

너무 분했어.
고모네 집에서 미움 받는 것도 싫고
아빠는 종일 일만 하고 당신은 떠나버렸다는 사실이,
모든 게 다 싫었어.
난 울분을 토해 냈어.

다음 날부터 아빠는 고모네 집에서
날 데리고 나와 작은 방에서 같이 살았어.
매일매일 집에 돌아오겠다고 약속했어.

밤에 혼자 걷는 건 처음이었어

밤에 혼자 걷는 건 처음이었어

아빠와 살게 된 나는 혼자일 때
모든 걸 스스로 할 수 있었어.

밥을 하고 설거지를 하고 빨래와 청소를 하고…
가르쳐 준 대로 혼자 있는 시간을 배웠어.

그렇지 않으면 내가 할 수 있는 게 아무것도 없었어.
아빠는 내게 강해져야 한다는 말을 자주 해 주었어.
유리처럼 부서지더라도 끝에는 강철처럼 단단해져야 한다고.

돈이 없고 힘이 없어서 이렇게 힘든 환경을 줘서
아빠는 미안하다고 했어.
그렇지만 포기하지 않겠다고,
버티고 버텨서 딸과 함께 있을 거라고.
절대로 자신에게 일어난 불행을 타인의 잘못으로 돌리지 않았어.
그런 아빠를 보고 나는 강해져야겠다고 생각했어.

타인을 원망하고 미워해도
우리 집 먼지는 계속 쌓여만 가니까.

수업 참관하는 날,
다른 아이들은 부모님이 모두 참석했지만
나는 아빠밖에 오지 않았어.

내가 발표를 할 때 아빠는 조용히 눈물을 흘렸어.
왜 눈물을 흘리셨을까.
조금씩 들리는 울음소리에 나는 엄청 창피했어.

내가 엄마도 없는 집의 아이로 보일까 봐
아빠의 후줄근한 셔츠가 보일까 봐
내가 불행한 사람으로 보일까 봐
남들의 시선이 무서웠어.

난 그렇게 고개를 숙이고 교과서를 읽었어.
어째서 아빠가 우는지 전혀 모른 채.

나는 아빠가 창피했어

중학교에 들어오고 친구들은
자신을 꾸미거나 드러내기 바빴어.

서로 누구랑 사귄다거나 오늘은 어딜 간다거나
용돈이 적다고, 제한하는 게 너무 많다고
엄마가 귀찮다거나 아빠가 싫다거나
이야기를 하면서 웃고 있었어.

나는 애써 따라 웃기 위해
용돈이 적다고, 제한하는 게 많다고
꾸미기 위해 이것저것 사 달라 하고
내 생각을 마음껏 표출하기도 했지.

하지만 시간이 점점 지나자 친구들과 웃기 힘들어졌어.
아빠의 표정이 점점 힘들어지는 걸
보기 싫었으니까.

학창 시절의 끝이 점점 다가오고
세상을 향해 나아갈 준비를 할 때
시간은 쌓이고 쌓여 어느새 당신과 있던 때가 보이지 않게 되었어.

어쩌면 말이야.
당신이 나를 따뜻한 품으로 안아 주었던 건 꿈이 아닐까?
하지만 뭔지 모를 답답함과 건조함은 꿈이 아니란 걸 보여주는 것 같아.

있잖아, 엄마.
당신은 어째서 떠난 걸까.
어째서 당신 생각이 문득 계속 나는 걸까.
이제 미움보다는 궁금증이 커져만 가.

마치 사막을 걷는 것 같아.
여기는 어딜까?
이 앞에 오아시스가 있을까?
나만 이 사막 속에 있는 걸까?
다들 나 같이 고민을 하고 사는 걸까?

나 빼고 전부 행복한 걸까?
모르겠어.

당신을 뒤로 미룬 채 나는 공부에 전념했고
20살에 대학교에 들어갔어.

어디에 해답이 있을까 누구보다 열심히 공부하고
며칠이면 다 타버려 재가 될 연애를 했지.
내 인생에서 무언가를 찾고 싶었어.

아, 나는 이것을 위해 태어났구나.
그런 감정 속에 파묻혀 살고 싶었어.
나는 빛나고 싶었어.
행복해지고 싶었어.

누구보다 돈도 많이 벌고 싶고,
좋은 사람들을 만나고, 그러면 좋지 않을까 싶었어.

하지만 행복하지 않았어.
노을이 질 때면 나는
어째서 지금 행복하지 않은지
흔들리는 나무의 그늘만 바라보았지.

대학교를 졸업할 즈음 아빠는 쇠약해졌어.
아빠가 더는 경제 활동을 하지 못하고
내게 별일 없는지 묻는 날이 많아질 때쯤
나는 따뜻한 미소를 지으며 걱정하지 말라고 했어.

속으로는 애가 많이 탔어.
아직 나 자신을 모르는 데도
자기소개서를 쓰고
어떻게 삶을 살아가야 할지 모르면서
나에겐 이런 비전이 있다고 면접을 보면서
하루하루를 보냈어.

그렇지만 주저앉을 순 없었어.
나는 다 보고 자랐으니까.

남의 원망이나 탓을 하지 않고
도망가지 않았던
나의 아빠를.

아직 나 자신을 모르는 데도

취업 후 자주 가던 카페에서 한 사람을 만나게 되었어.
이해하고 싶고 감당하고 싶은 사람이었어.

한순간 뜨거운 마음으로, 모든 걸 다 주며
타 버리는 관계는 이제 되고 싶지 않아.
특별하지 않은 내 일상의 한 부분이 되어 줄 사람이 필요했어.

그는 내가 어떠한 삶을 살았는지,
나는 그에게 어떤 아픔이 있었는지
서로의 서랍장을 공유하며 시간을 보냈어.
덕분에 다양한 추억으로 채울 수 있었지.

나는 늘 내 삶의 구원자를 찾고 있었나 봐.
내 인생에 목표를 주고 빛나게 해 주고
날마다 특별하게 해 줄 사람을.

하지만 구원자는 없었어.
그는 단지 나 자신을 찾게 도와 준 사람이란 걸.
나는 이 사람과 오랫동안 함께하고 싶었어.
서로가 만나 다양한 삶의 의미와 경험을 배우고 공유하며
같이 극복해 나갈 수 있을 테니까.

그날은 그와 결혼하는 날이었어.
행복한 날이었지만
무엇보다 그날의 아빠 모습이 제일 기억에 남아.

어때, 아빠? 아빠 딸이 이렇게나 자라서 결혼을 해.
아빠 딸, 자랑스럽지?
나도 아빠가 자랑스러워.

얼마나 힘들었을까, 엄마가 아빠를 떠난 날.
분명 나보다 깊은 감정의 소용돌이에 빠졌을 거야.
아빠는 그 누구의 탓도 하지 않았지.
내가 그 사람을 원망할까 봐.

얼마나 괴로웠을까.
힘든 순간에도 늘 미소를 지어 주었지.
내가 불안해할까 봐.
아빠 덕분에 나는 자신을 그리고 누군가를
원망하지 않는 사람이 되었어.
강한 사람이 되었어.

아빠, 많이 힘들었지.
날 키워 줘서 정말 고마워.

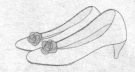

203

결혼 후 시간이 많이 지났어.
나와 남편을 닮은 딸은 어제와 다르게 커 갔고
내 일상의 한 부분, 행복이 되었어.

그렇게 날이 좋은 어느 주말,
우리 가족은 함께 떨어진 단풍잎을 날리며 시간을 보냈지.

나는 딸에게 말했어.

"고민 같은 거 전부 날려 버리자."

그리고 문득 깨달았어.
내가 왜 20대에 행복하지 않았었는지
어째서 나 자신을 알 수 없었던 건지.

나는 내 삶을 살지 않은 거였어.
버리지 못한 것들에 고민하고 빠져서
나 자신을 스스로 불행하게 만든 거였어.

떨어진 단풍 밑에는 햇빛에 빛나고 있는
풀과 열매들이 숨어 있었어.

내가 엄마가 되면서 힘들었던 건
딸이 커 가면서 어떤 말을 건네야 할지 모르던 때였어.
나는 엄마가 너무도 일찍 사라졌으니까.

그래, 내 사랑을 너에게 주어야지.
있는 힘껏 주어서 나의 아픔과 고생은 겪게 하지 말아야지.

하지만 딸은 때로는 내 뜻과 다른 행동을 하고
때로는 잘못을 저지르기도 했지.
그럴 때마다 나 자신이 부족한 엄마라고 단정 지었어.
하지만 그런 게 아니었더라.
딸의 눈에는 내가 겪은 것과는 다른 고민과 시련이 담겨 있었어.

나는 늘 내가 자라온 환경을 나쁘게만 생각했어.
그런 환경을 주고 싶지 않던 나의 과한 애정이 어리석었음을 깨달았지.

내가 아무리 사랑을 준다 해도 딸의 인생에 시련과 고난이 없어지는 건 아니야.
나만 사막 속을 걷는다 생각했지만 사실은 모두 각자의 사막이 있는 거였어.

나에겐 나만의 시련이 있었고
딸에겐 딸의 시련이 있는 거였어.

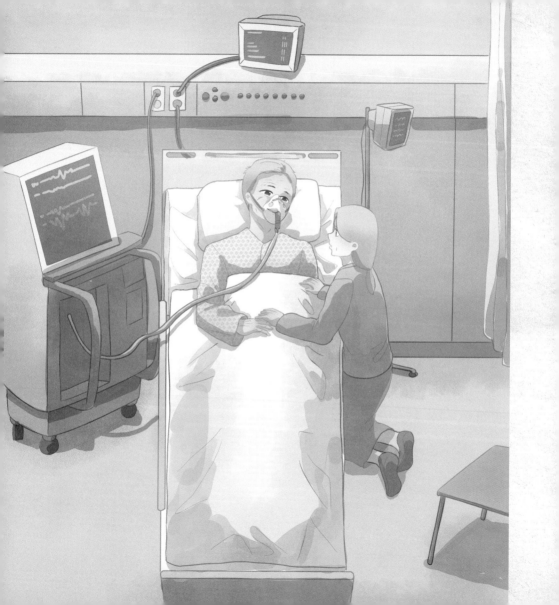

난 어느새 주름이 깊어져 갔고
딸도 독립해 나의 곁을 떠날 때쯤
병원에서 연락이 왔지.

나뿐만 아니라 시간은 아빠에게도 똑같이 흐르고 있었어.
아빠는 변함없었어. 내게 하는 말들도, 그동안 아픈 몸을 숨겨온 것도.

그리고 기다렸다는 듯 당신에 대해 알려 주었어.
어째서 우리를 떠났는지,
어째서 돌아오지 않았는지.

몇 년이나 당신을 잊고 살았을까.
아빠는 내게 설명을 마치고 주소를 알려 주었어.

"이제 알려 줘도 될 것 같구나. 만날지 말지는 네 마음이란다."

그리고 한 달 뒤 세상을 떠났어.

아빠는 당신을 사랑했어.
나의 세상에서 제일 강한 사람이었고
당신의 세상에서 손을 건네 준 유일한 사람이었어.

엄마, 아빠에게 모두 들었어.
사기를 당해 큰 빚을 지게 된 것도,
그 죄책감으로 집을 떠난 것도.

있잖아, 나는 엄마가 떠났을 때 너무 미웠어.
그건 내가 엄마를 너무도 좋아했기 때문이야.
당시의 나는 모든 상황을 엄마 때문이라고 생각했어.
엄마가 떠나지 않았으면 그렇게 힘들지 않았을 거라고.

하지만 엄마, 삶을 계속 살다 보니까
어느 순간 원망보단 당신을 이해하고 싶었어.
순수하고 정 많은 엄마가 그런 선택을 하기까지
얼마나 많은 눈물을 흘렸을지
나를 생각했을지 이해하고 싶었어.
엄마를 원망해도 내 삶은 조금도 나아지지 않았으니까.

있잖아, 엄마. 아빠는 나랑 살게 된 후부터 강해지라는 말을 해 주었어.
나는 단순히 시련을 견디라는 뜻인 줄 알았지.

하지만 어른이 된 후에야 더 큰 뜻이 있다는 걸 알았어.
강해지라는 건 원망과 분노를 안아 줄 수 있는
사람이 되라는 것이었단 걸.

오랜만이야, 엄마.

여기 언덕이 높아서 올라오기 너무 힘들더라.
뭐라도 들고 올까 했는데 생각해보니까
엄마가 뭘 좋아하고 싫어하는지 몰라서 빈손으로 왔어.
엄마는 내가 너무 어렸을 때 떠났으니까.

아빠는 내게 여기 주소를 알려 주시곤 돌아가셨어.
마지막까지 엄마 생각을 하고 계셨던 것 같아.

난 결혼하고 딸을 낳았어.
많이 다투기도 했지만, 어느새 자라 어른이 되더니 결혼까지 했어.
시간이 너무나도 많이 지났지.

용서한다고 없었던 일이 되는 건 아니지만
엄마가 보고 싶었어.

보고 싶고, 보고 싶어서
그 마음뿐이라서
이렇게 찾아왔어.

그렇게 몇 분을 서 있었을까.
문을 열고 엄마가 나왔어.
사진 한 장 없어 기억에서 사라진 엄마의 얼굴
주름지고 작아진 모습에 처음에 엄마인지 알 수 없었어.
하지만 엄마는 미소를 지었어.

아, 내가 알던 그 미소.
아무리 주름이 지고 시간이 지나도 변하지 않았어.
그렇게 엄마는 한마디 말도 없이 미소만 지었지.
그 미소를 보고 있자니
엄마 등에 업혀 다 같이 공원을 걷던 때가 생각났어.

가난해서 매일 같은 반찬을 먹고 가끔은 산책을 하던 날들.
엄마가 떠날 때 했던 말, 아빠의 눈물,
고모한테 뺏긴 500원, 내가 찢은 엄마의 옷,
길에서 나를 도와 주었던 언니들 전부.

그렇게 말없이 내가 눈물을 쏟을 때
엄마는 내 손을 꼭 잡아 주었어.

엄마는 아무 말이 없었어.
미안하다고도,
잘 지냈냐고도 묻지 않았어.

그저 나처럼 하염없이 눈물만 흘리며
내 손을 잡아 주었어.
아마도 엄마는 이 순간을 오랫동안 기다려 온 건가 봐.

비록 시간이 과거를 바꿀 수 없어도
내게 그 어떠한 말도 할 수 없더라도
살아만 있으면 언젠가 다시 딸을 볼 수 있지 않을까 하고
지금까지 긴 세월을 버텨 온 건가 봐.

엄마와 난 온기를 공유한 채
시간을 잊고 아무 말 없이

그렇게 오랫동안
눈물만 흘리고 있었어.

살아만 있으면 언젠가 다시
볼 수 있지 않을까

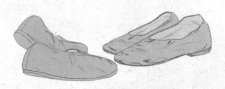

엔딩 크레딧

딸, 엄마는 엄마가 없었단다.

내가 어렸을 때 저 멀리 떠났거든.

아주 미워서, 또 화나서
엄마 같은 사람이 되기 싫어서
꼭 행복해지고 싶었단다.

그런데 널 낳고 나서 깨달았단다.
나의 엄마는 아주 힘들었고
떠날 때 눈물을 참았었고
후회했을 거란 걸.

널 낳고 황혼을 넘기고서야 이제야 깨달았단다.

사실 난 엄마가 너무 보고 싶었다고.

엄마가 되어서야 딸이 되었다

초판 1쇄 발행 2020년 08월 10일
초판 4쇄 발행 2020년 10월 06일

지은이 소효
펴낸이 김기용 김상현

편집 전수현　**디자인** 이현진　**마케팅** 박혜진 염시종 최의범

펴낸곳 필름(Feelm) 출판사　**등록번호** 제2019-000086호　**등록일자** 2016년 6월 13일
주소 서울시 마포구 월드컵북로5가길 31, 2층 (서교동 447-9)
전화 070-8810-6304　**팩스** 070-7614-8226　**이메일** office@feelmgroup.com

---

필름출판사 '우리의 이야기는 영화다'

우리는 작가의 문체와 색을 온전하게 담아낼 수 있는 방법을 고민하며 책을 펴내고 있습니다.
스쳐가는 일상을 기록하는 당신의 시선 그리고 시선 속 삶의 풍경을 책에 상영하고 싶습니다.

홈페이지 feelmgroup.com　**인스타그램** instagram.com/feelmbook

ISBN 979-11-88469-58-1 (02810)